gewalt S. 53

Gunther Klosinski, 1945 in Wüstenrot geboren, lebt in Öschingen bei Mössingen. Ordinarius für Kinder- und Jugendpsychiatrie an den Universitäten Bern und Tübingen, emeritiert seit 2010. Zahlreiche wissenschaftliche und ratgebende Publikationen. Schreibt literarisch, fotografiert und malt seit vielen Jahren, hatte einige sehr erfolgreiche Ausstellungen im In- und Ausland und erhielt auch mehrere Auszeichnungen und Preise. Bei Klöpfer & Meyer erschienen zuletzt die Aphorismensammlungen *Die Stille verschweigen* (2013) und *Was unter die Haut geht* (2018).

Klaus Homann, Theologe, ehemaliger Dekan des ev. Kirchenbezirkes Herrenberg, Stiftungsrats- und Verwaltungsratsvorsitzender der Mariaberger Heime, lebt am Bodensee

Gunther Klosinski

Auf den Punkt gebracht

KURZE GEDANKEN

Mit einer Einführung
von Klaus Homann

KRÖNER EDITION KLÖPFER

Gunther Klosinski
Auf den Punkt gebracht
Kurze Gedanken
Mit einer Einführung von Klaus Homann
1. Auflage in der Edition Klöpfer
Stuttgart: Kröner 2021
ISBN: 978-3-520-76001-2

Gesamtherstellung: Laupp & Göbel GmbH, Gomaringen

KLAUS HOMANN

Worum es geht: Aphorismen, punktgenau.

Wortgewandt und wie mit einem Brennglas fokussiert lässt Gunther Klosinski aphoristisch aufblitzen, was Leben und Glauben ausmacht. Immer wieder überraschend und immer wieder aus einem anderen, gegensätzlichen Blickwinkel fordert er auf anregende Weise zum Hinterfragen und Nachdenken heraus. Dabei ist das bei ihm wie mit einer augenzwinkernd liebevoll-kritischen Wertschätzung des Lebens in all seinen Varianten verbunden. Eine Bescheidenheit bestimmt ihn dabei, die das Ganze im Blick hat und um die Bedingtheit und Begrenztheit menschlicher Existenz weiß. Dabei fasziniert, mit welcher Leichtigkeit – wie wenn ein Vogel sich vom Wind tragen lässt – er einlöst, was für ihn einen guten Aphorismus ausmacht:

WORTKARIKATUREN

Wortkarikaturen
Über die man stolpern muss
Und schmunzeln können sollte

Man muss doch schmunzeln, wie er »eheliche Beziehungsprobleme« diskret, aber bestimmt zur Sprache bringt:

DIE GANZ NORMALE EHE

Das gewöhnliche Salz in der Suppe
Einer herkömmlichen Ehe
Sind die immer gleichen Überraschungen
An die man sich nur schwer gewöhnen kann

Und welch poetisches Feingefühl spricht aus diesen Worten:

BLÜTE, DUFT UND FRUCHT DER LIEBE

Das Lächeln ist die Blüte der Liebe
Die Sehnsucht ihr Duft
Der Glaube an das Gute im Menschen
Ihre Frucht

Wie erfrischend ist da auch der Wechsel der Themen der Aphorismen. »Variatio delectat«, Abwechslung erfreut, tut gut, so hat das Phaedrus, 15–50 n. Chr., schon erkannt. Und tatsächlich wechselt Gunther Klosinski ständig seine Perspektive – und immer wieder blitzt da Wahres als anders Wahrgenommenes auf. Er dreht und wendet alles, kreist beständig um unsere großen Lebensthemen. Unwillkürlich denkt man beim Lesen an Rainer Maria Rilkes großartiges Gedicht »Ich lebe mein Leben in wachsenden Ringen«. Gerade einmal in fünf Worten, als Wortspiel formuliert, liegt bei ihm das pralle, volle Leben beschlossen:

GIER

Wenn genug
nicht genügt

Menschliches Tun und Verhalten mit all seinen Schwächen und Unzulänglichkeiten analysiert er pointiert und trefflich. Vergangenheit, Gegenwart, Zukunft, Zeit und Ewigkeit schaut er als »Lebensweg« an, als zu lebendes und gelebtes Leben, das unsere je eigene »Prägung« ausmacht. Wie ja immer im Werden das Gewordene sich manifestiert:

Wenn im Übermorgen
Das Vorgestern nachhaucht

Aufs Neue an Rainer Maria Rilke erinnert fühlt man sich, wenn Gunther Klosinski die Fragen nach Gott, nach Glauben, nach Sinn und Zweifel erst aufwirft, dann bohrend zuspitzt. »Ich kreise um Gott, den uralten Turm.« Durchaus in Gedankenflügen, in Frage stellend, tut er das, manchmal wie ein zupackender Falke, dann aber auch wieder »das Unsagbare« fast hymnisch besingend.

Feinsinnig, sensibel bringt er eben den Zweifel zur Sprache. Er nimmt ihm das Bedrohliche. Vielmehr spricht er – wie zum Beispiel in dem indischen Sprichwort: »Der Zweifel ist das Wartezimmer der Erkenntnis« – dem Zweifel seine zielführenden Möglichkeiten zu und macht ihn damit gleichsam »selbstverständlich«. Zum Glauben gehört der Zweifel einfach dazu:

WIE SICH DER ZWEIFEL VERSTEHT

Der Zweifel ist die
Gratiszugabe des Glaubens

Noch verstärkter – wie im Sinne von Friedrich Rückert: »Zweifel ist die Hüll', in der die Frucht soll reifen, und die gereifte Frucht wird ihre Hüll' abstreifen« –, noch prononcierter bringt Gunther Klosinski die konstruktive Bedeutung des Zweifels in diesen drei kleinen Zeilen zum Tragen:

VERWURZELTE HOFFNUNG

Hoffnung
Die nicht im Zweifel wurzelt
Kann nicht erblühen

Oder als Nachhilfe beim und zum Glauben:

SCHWIMMBOJEN

Zweifel
Sind Schwimmbojen des Glaubens
Immer dann
Wenn Letzterer baden geht

Auch die Aphorismen über Gott und die Welt, seinen Schöpfungsplan, zeigen Gunther Klosinskis beeindruckende Gedanken- und Ideentiefe. Theologisch fordern sie gehörig heraus:

IM SCHÖPFUNGSPLAN

Im Schöpfungsplan
Ist vorgesehen
Dass nicht alles
Mit rechten Dingen zugeht

Wenn man annimmt, dass nur ein »Gott der Liebe« die Welt geschaffen hat resp. geschaffen haben kann, dann kann er den Menschen nur mit der Freiheit, zu handeln, wie er will, erschaffen haben. Denn Liebe kann nicht erzwingen, nichts erzwingen wollen. Eine solche Schöpfung schließt dann aber auch das Fehlverhalten und Versagen des Menschen mit ein. Die »chaotischen Urfluten« sind bei der Schöpfung nur bloß als »zurückgedrängt« zu denken. Sie können immer wieder als »Lebensfeindliches« durchdringen, sichtbar werden und müssen immer wieder aufs Neue angegangen und bekämpft werden. »Gut« ist die Schöpfung insofern, als sie bei allem zu einem liebenden Gott in Beziehung bleibt. Nicht aber ist sie gut, weil sie womöglich »perfekt« wäre. Also geht eben »nicht alles mit rechten Dingen« zu. Dennoch aber, so kann man sich das vorstellen, bleibt alles von einem liebenden Gott umfangen. In diesem Sinne:

EINE GOTTHEIT MACHT NOCH KEINEN HIMMEL

Eine Gottheit macht noch keinen Himmel
Es sei denn sie ist lieb und lacht
Gibt auf sich selbst und auf dich acht
Selbst wenn es donnert blitzt und kracht

Und wenn es bei ihm um das »erfüllte Leben« geht, genau so ist's:

EIN ERFÜLLTES LEBEN

Beides:
Eine Reise
An die man sich gern erinnert
Und eine Irrfahrt mit Umwegen
Die man nie vergisst

Und zuletzt, wer könnte und wollte Gunther Klosinski da nicht zustimmen:

Leben Lieben Lachen
Sind die wertvollsten Sachen

Hinter allem, was uns Gunther Klosinski aphoristisch auf den Punkt bringt, steht die in eine überaus ansprechende Form gekleidete Bitte eines Lebenserfahrenen: »Mensch werde wesentlich!« Dieser Imperativ, dieser Gedanke steht in diesem Opusculum gewiss nicht nur zufällig im Mittelpunkt, genau in der Mitte des Büchleins. Und angesichts all der vielen Lebensthemen, die in diesem Buch vorkommen, bleibt als Summe nur noch dieses zu sagen, zu schreiben:

WER BEGINNT HINZUHÖREN

Wer beginnt hinzuhören
Wird aufhorchen ohne Ende

AUF DEN PUNKT GEBRACHT

HELLSEHER UND SCHWARZMALER

Oft sind Hellseher Schwarzmaler
Und Schwarzmaler hellsichtig

WORTE SIND UNKEUSCH

Sie gehen nicht selten
Mit jedem neuen Gedanken fremd

STARKER GLAUBE

Nicht jeder starke Glaube
Bringt den Mut auf
Sich Hoffnungen zu machen
Auf ein bisschen Zweifel

GRETCHENFRAGE

Nach welchem Recht
Muss ich bezweifeln
Dass ich nicht gläubig
Werden könnte

JE SCHWÄCHER DER GLAUBE

Je schwächer der Glaube
Desto stärker der Drang
Dies nicht glauben zu wollen

PARADIESABHÄNGIG

Ob Feigen ohne ihre Blätter
Eher schamlos oder voller Scham sind
Ist abhängig vom Paradies
In dem sie reifen

DIE GANZ NORMALE EHE

Das gewöhnliche Salz in der Suppe
Einer herkömmlichen Ehe
Sind die immer gleichen Überraschungen
An die man sich nur schwer gewöhnen kann

SEIN LICHT LEUCHTEN LASSEN

Wer will schon sein Licht
Leuchten lassen über sich selbst
Ohne dass Andere den Heiligenschein
Wenigstens erahnen können

JEDER NEUE IRRTUM

Trägt zum Aufbau eines späteren
Neuen Altertums bei

SCHÖN UND ERGREIFEND

Schönheit und Ergriffenheit
Die wir empfinden
Spiegeln den Widerschein
Unserer Seele
Die lächelt oder weint

UNSER TÄGLICH BROT

Wer einer Seele hilft
Aus ihrer Not
Schenkt ihr ein Lächeln
Als ein Seelenbrot

REGEN UND GUTE GEDANKEN

Regen
Lässt das Gras wachsen
Stille
Gute Gedanken

ZUHÖREN UND ABSEHEN

Zuhören und ab und zu absehen
Ist allemal klüger als
Zusehen beim Abhören

DIE FEHLER GOTTES

Sind Fehler Gottes
Die er hätte machen wollen
Dann aber nicht beging
Verwerflich peinlich
Oder ganz legal
Wer an Gott glaubt
Der findet sie genial

HOFFNUNG, GUTER HOFFNUNG ZU SEIN

Wer hofft
Bald guter Hoffnung zu sein
Der spielt auf Zeit
Und kann es kaum erwarten

MIT SICH ALLEIN

Sind wir mit uns mal ganz allein
Schaut unser Alter-Ego schnell mal rein

UNTERLASSENE HILFELEISTUNGEN

Sind oft unbezahlbar

LEICHTGLÄUBIGE

Sind oft Schwergewichte

EINE LÜGE
DIE NICHT ENTTÄUSCHEN SOLL

Eine vorgetäuschte Lüge
Ist noch keine Wahrheit
Eine vorgetäuschte Wahrheit aber
Eine Lüge die nicht enttäuschen
Sondern halten soll was sie verspricht

LEBENSRÜCKBLICK

Unser Lebensrückblick
Ist die aufsummierte Vielzahl
Jener Augenblicke
Die wetterleuchten

EINE GOTTHEIT MACHT NOCH KEINEN HIMMEL

Eine Gottheit macht noch keinen Himmel
Es sei denn sie ist lieb und lacht
Gibt auf sich selbst und auf dich acht
Selbst wenn es donnert blitzt und kracht

FAHRVERBOT

Wie fahren wir weiter nach dem Tod
Leider gibt es ein Fahrverbot

GNÄDIGE ERINNERUNG

Die Erinnerung geht auf uns gnädig ein
Sie lässt vergessen was nicht hätte sollen sein

ZUVERSICHT

Nicht selten ist die Zuversicht
Auf fremde Hilfe ganz erpicht
Wenn Sorgen drücken Zweifel nagen
Die Ängste Tag und Nacht uns plagen
Kommt dann die Hand die stützt und hält
Bricht wieder Licht in unsre Welt

ERKORENES GLÜCK

Die Zuversicht gibt immer vor
Es war das Glück das dich erkor

WAS UNS IN HÄNDEN HÄLT

Das Licht das auf uns fällt
Hängt ab von Jenem
Der uns in Händen hält

WIR GLAUBEN VIEL

Man glaubt sehr viel
Mit vagem Ziel
Um zu vermeiden
Leid zu erleiden

VOM WISSEN UND ANERKENNEN

Je weniger wir voneinander wissen
Desto leichter fällt es uns
Noch weniger voneinander zu halten

ZU VIEL DER HABE

Wer alles hat
Ist oft nicht satt
Hast du zu viel der Habe
Erdrückt sie dich am Grabe

ES GIBT KEIN ZURÜCK

Der Raum und die Zeit
Zwischen Tod und Leben
Ewige Endlichkeit
Ist uns gegeben
Die Suche nach Glück
Ist unser Bestreben
Dem Phantom einer Ewigkeit
Sind wir erlegen
Es gibt kein Zurück

ANTEILSEIGNER MENSCH

Der Mensch im Angesicht des Todes
Anteilseigner an der Ewigkeit

DEIN LEBEN

Ein Abenteuer für zwischendurch

LEBENSSPANNE

Abenteuer für zwischendurch
Das teuer zu stehen kommt

EINSICHTIGER ALKOHOLIKER

Ein Mensch
Der sich an der Sehnsucht nach Nüchternheit
Immer wieder berauscht

UNTER UNS GESAGT

Was hätte nicht alles gesagt werden können
Hätte man es nur gedacht
Oder den Mund gehalten

RATLOSIGKEIT

Wer Ratlosigkeit wagt
An seinen Zweifeln nagt

VOM NACH-, VOR- UND ZUGEBEN

Wer vorgibt nachzugeben
Ohne etwas aufzugeben
Muss zugeben
Dass er sich vieles vergibt
Weil alles vergebens erscheint

FUSSSPUREN GOTTES

Auch die Fußspuren Gottes sind vergänglich
Sie kommen und gehen mit seinen Gezeiten am Strand
Und den Sandstürmen seiner Wüsten

ALS TEUFEL VERKLEIDET

Nicht nur an Fasching
Mischt sich der Herrgott
Als Teufel verkleidet
Unter sein Volk

GLAUBEN WOLLEN

Manche wollen erst dann glauben
Wenn sie etwas sehen und begreifen
Andere würden gerne bezweifeln
Was sie weder begreifen noch sehen
Können oder wollen

ERKENNUNGSZEICHEN DES MONDSÜCHTIGEN

Den echten Mondsüchtigen erkennt man daran
Dass er bei Neumond Entzugserscheinungen bekommt

UM ERHÖRT ZU WERDEN

Um erhört zu werden
Braucht es der fürsprechenden Worte
Häufiger aber verstummendes Elend
Das zum Himmel schreit

ZEITLICHES SOLLTE NICHT GESEGNET WERDEN

Wer mit der Zeit geht
Wird sie verlieren
Wenn er sie segnet

QUERDENKER

Querdenker biegen oft ab
Ohne zu blinken
Und man weiß nie wann sie sich
Gerade selbst überholen wollen

VERGESSENES PASSWORT

Nicht wenige haben das Passwort
Zur Öffnung ihrer Seele vergessen
Und an einer Stelle hinterlegt
Wo sie es nicht vermuten

SCHEIN-WAHRHEITEN

Schein-Wahrheiten
Sind Imitate der Wahrheit
Bei anderen Lichtverhältnissen

AUF SEINE GEDANKEN PFEIFFEN

Wer auf seine Gedanken pfeifen will
Sollte vorher gelernt haben
Auf ihnen Flöte zu spielen

SCHATTEN

Sind die perfekten Imitatoren
Auf Schritt und Tritt
Die Nachahmung ist ihnen
Angeboren

PARADOXIE DER LIEBE

Die Unkenntnis über die Paradoxie der Liebe
Schützt nicht vor ihrer Faszination
Die Kenntnis hierüber auch nicht wirklich

WAS VOM HIMMEL FÄLLT

Was vom Himmel fällt
Rutscht – wenn es zu schwer –
Und die Erde nicht mehr hält
In die Hölle um so mehr

IDEALE WELTEN

Es gibt ideale Welten des Zweifelns
Wo sich alles in Glauben auflöst
Und eine perfekte Welt des Glaubens
Wo aus dem Bauschutt zerfallener Zweifel
Phantastische Kunstwerke entstehen

WEITBLICK

Je kleiner der Weitblick
Desto höher der Tellerrand

BEICHTEN OHNE GRUND

Beichten ohne etwas verschuldet zu haben
Ist Vortäuschung falscher Tatsachen
Verwerflich und deshalb beichtpflichtig

WEM SONST IST ES GESTATTET

Wem sonst ist es gestattet
Die Menschen nicht an ihren Tod zu erinnern
Und ihnen vom Himmel abzuraten
Außer dem Teufel

SUICIDENT

Er geht bei rot über die Ampel
Weil er es nicht mehr erwarten kann
Erst dann auf die andere Seite zu kommen
Wenn es an der Zeit ist

GEDANKENUMTRIEBE

Gedankenumtriebe
Lassen sich nur schwer begrenzen
Sie nehmen nicht Rücksicht auf Konsequenzen
Sie wollen wie Kometen mit langen Schweifen
verglühen
Du kannst dich um sie nur bedingt bemühen
Gedanken brechen oft aus rumoren als Blähung
Gedanken tendieren zur Gedankenverwehung

UNZUMUTBARE VORAUSSETZUNG

Mögliches für unzumutbar erklären
Ist die Voraussetzung dafür
Dem Unmöglichen näherzutreten

SACK-GASSI GEHN

Wer Sack-Gassi gehen will
Der weiß er könnte sich verlaufen
Er sucht das Abenteuer pur
Dreht hierzu Extra-Schlaufen
Und findet manchmal seine Spur

NEU ÜBERDENKEN

Gestrigen Vorstellungen nachstellen
Um ihnen heute – wenn möglich – auf die Schliche zu kommen

SEIFENBLASENERKENNTNIS

Sind wir zuweilen Seifenblasen
Die – auch wenn sie wollten – nicht wissen können
Dass sie am Ende platzen sollten

HARTES LEBEN

Tiefes Atemholen
Verbunden mit immer kürzeren Pausen

ECCE HOMO

Anteilseigner und Anwärter
Auf Tod und Leben
Am Leben und am Tod
Im Leben und im Sterben

IM SCHÖPFUNGSPLAN

Ist vorgesehen
Dass nicht alles
Mit rechten Dingen zugeht

VORSEHUNG

Im Plan der Vorsehung
Haben Viele das Nachsehen
Und Wenige ein Einsehen
Dass nicht vorhersehbar
Was doch gewollt war

ZWEIFELLOS

Nur Jener zweifelt nicht
Der an nichts glaubt

NEUES VON DER SCHÖPFUNG

Die Absicht der Schöpfung
Die Menschheit mangels Sex aussterben zu lassen
Ist durch die Erschaffung der In-Vitro-Fertilisation
Revidiert worden

LEBEN UND STERBEN

Das Leben und der Tod erwarten uns auch dann
Wenn wir ihnen nicht die Aufwartung machen

ZÖLIBAT

Untauglicher Versuch
Übergriffige Nächstenliebe
Durch auferlegte robuste Eigenliebe
Einzudämmen

VOM SINN DES LEBENS

So mancher denkt vom Sinn des Lebens
Es wäre schön und nicht vergebens
Wenn wir auch Spuren hinterlassen
Obwohl sie ziemlich schnell verblassen

WAS WIR GLAUBEN

Wir glauben das
Was wir glauben möchten
Wenn wir bezweifeln
Was wir glauben sollen

GEWISSENSBISSE

Einmischungen
In die inneren Angelegenheiten
Eines in Bedrängnis geratenen
Seelischen Gleichgewichtes

HINTER DER ZUKUNFT

Was sich uns
Vor unserer Vergangenheit
Versteckt hält
Werden wir womöglich erst
Hinter unserer Zukunft erfahren

GUTES ÜBER SICH SELBST

Wer hörte nicht gerne
Gutes über sich selbst reden
Um vom Bösen ganz zu schweigen

GIER

Wenn genug
Nicht genügt

ZWEIFELN IST ERLAUBT

Allen ist das Zweifeln erlaubt
Aber nicht wenigen bleibt es erspart
Weil sie nicht daran glauben

FAST BESTE GEDANKEN

Fast beste Gedanken
Verspäten sich meist

FARBENBLIND

Wer bei grün nicht über die Ampel geht
Sieht auch sonst immer nur rot

QUELLENSUCHE

Um an die Quelle zu kommen
Muss man heute ins Internet
Es reicht nicht mehr
Nur gegen den Strom zu schwimmen

IN DEN HIMMEL HINEINGEBOREN

Wer in den Himmel hineingeboren wurde
Meint in der Pubertät etwas von der Hölle erfahren zu müssen

WER NICHTS TUT

Setzt alles daran
Alles auszusitzen

STAATSVERSCHULDUNG

Staatsverschuldung
Nimmt überhand
Wenn es versäumt wurde
Die öffentliche Hand
An die Hand zu nehmen

WAS UNS AUSMACHT

Die Summe all dessen
Was wir erlernt haben
Und was wir hätten lernen sollen
Was wir vergessen haben
Und was wir nicht vergessen können

ALLEINSEIN

Alleinsein ist schön
Wenn man zu zweit ist
Und jeder es so oder so will

NICHT OHNE MEINE PHANTASIE

Ohne meine Phantasie
Könnte ich mir nicht vorstellen
Weltberühmt zu werden
Ohne es zu wollen

DER KURZEN HALBWERTSZEIT WEGEN

Über das
Was nicht auszudenken ist
Sollte nicht zu lange nachgedacht werden
Der kurzen Halbwertszeit wegen

DAS DOPPELGEWICHT DER WORTE

Wir haben zwei Augen zwei Ohren
Und nur einen Mund
Sollten wir eingedenk dessen
Einem gesprochenen Wort
Nicht doppeltes Gewicht beimessen
Im Vergleich zu dem
Was wir hören und sehen

DENNOCH-GLAUBE

Aufkommende Hoffnungsgewissheit
Geteilt durch die Summe
Durchlebter Enttäuschungen

DER ERBSÜNDE WEGEN

Die Absicht dass der Mensch gut ist
Ist im Plan der Schöpfung nicht vorgesehen
Der Erbsünde wegen

LANGEWEILE

Die Lange Weile ist von kurzer Dauer
Wenn sie gegen ihren Willen gezwungen wird
Überdauern zu müssen

HOFFNUNG AUF DAS UNMÖGLICHE

Wenn alle Möglichkeiten erschöpft sind
Schöpfen Unmöglichkeiten wieder Hoffnung

DER GLAUBE AN DAS GUTE IM MENSCHEN

Allen ist der Glaube
An das Gute im Menschen erlaubt
Auch bösen Menschen bleibt er nicht erspart

UM NICHT ENTTÄUSCHT ZU WERDEN

Auch wer täuscht kann sich täuschen
Wer dich hasst könnte dich lieben wollen
Du solltest dich selbst ein bisschen lieben
Um weniger enttäuscht zu sein
Von dir selbst und anderen

WO GESTERN NOCH ZUKUNFT HAT

Vorurteile sind einer der ganz wenigen Bereiche
In unserer immer komplexer werdenden Welt
Wo Gestern noch Zukunft hat

LANGEWEILE

Sie ist angekommen und hat Fuß gefasst
Wenn man seine eingeschlafenen Füße beneidet

WAS DENKBAR UND MACHBAR IST

Alles ist denkbar
Soweit es sich erträumen lässt
Alles erscheint machbar
Solange der Tag noch nicht zu Ende ist

BAUCHGEFÜHL

Manchmal sagt uns unser Bauchgefühl
Eine Dummheit begehen zu müssen
Um den schmalen Pfad der Tugend
Etwas zu verbreitern

ÜBERHAND NEHMENDE SEHNSUCHT

Sehnsucht nimmt überhand
Und schlägt in Erwartungsdruck um
Wenn die Bemühungszusage
Zur baldigen Befriedigung
Zu oft wiederholt wird

FLUGEMPFEHLUNG

Wer fliegen will
Sollte keine Federn lassen
Und sich gut überlegen
Wie weit er bereit ist zu gehen
Um sich bestmöglich abzufedern
Für den Fall eines Absturzes

DAS ENDE DER WOHLFAHRT

Jede Wohlfahrt findet einmal ihr Ende
Sei es durch zu großen Wohlstand
Oder durch Stillstand und Ausstand

LETZTE HOFFNUNG UND HEMMUNGEN EINES SELBSTMÖRDERS

Vielleicht ist doch nicht alles aus
Womöglich dreht die Welt sich weiter
Ich glaube nichts bezweifle alles – leider
Ich mach nicht mit ich bin Befreiter

UNSERE GEDANKEN

Vor – und Nachhut
Unserer Taten und Unterlassungen

UNSER ALLER ICH

Erste und letzte Instanz für
Zu- und abnehmende Deutungshoheit
Unserer ersten und letzten Worte

WARUM DARF ES NICHT SO SEIN

Es kann nicht alles so bleiben
Wie es nie war
Warum sollte es nicht so werden
Wie es nie hätte sein können

VOM EINFRIEREN UND VOM AUFTAUEN DER ZEIT

Das Einfrieren der Gegenwart
Verhindert das Auftauen der Vergangenheit
In der Zukunft nicht
Aber das Einfrieren der Zukunft
Hilft der Vergangenheit
In der Gegenwart zu überwintern

WENN NICHTS MEHR GEHT

Wenn Hoffnung schwindet
Gewissheit zerrinnt
Dass doch noch was geht
Wenn keiner versteht
Wenn nichts mehr besteht
Und nichts mehr beginnt
Wenn der Tod übernimmt

ROBUSTE HOFFNUNG AUF EIN DANACH

Ist die Nachhaltigkeitsrücklage
Zur Risikominimierung für den Fall
Dass der Mietvertrag
Eines vermeintlich gewährten Dauerwohnsitzes
Wider Erwarten doch noch gekündigt werden sollte

ÜBER-ZEUGEN

Wer das Zeugen übertreibt und glaubt
Nur dadurch überzeugend zu wirken
Irrt

NICHT JEDER ZWEIFEL ÜBERZEUGT

Nicht jeder Zweifel
Der im Mann heranreift
Kann einer Zeugung zugute kommen
Ein Mann sollte aber glaubhaft überzeugen
Dass er das Zeug dazu hat

ZEUGUNG UND ÜBERZEUGUNG

Zeugung geht oft schnell vonstatten
Überzeugung hingegen kostet viel Kraft und Zeit

MAULKÖRBE FÜR MAULWÜRFE

Der Gedanke
Maulwürfe sollten Maulkörbe tragen
Ist abwegig
Maulwürfe beißen nicht
Fallen keine Menschen an
Sondern kümmern sich mehr um deren Dreck
Helfen mit ihn beiseite zu schaffen
Nur selten bringen sie ihn ans Tageslicht
Und häufen ihn auf

DEUTUNGSHOHEIT ÜBER ANGST UND SORGEN

Und wer regiert denn diese Welt
Fürwahr es ist das große Geld
Doch unsre Angst es kommt abhanden
Wir könnten auf der Straße landen
Macht alles noch viel schlimmer
Die Deutungshoheit über Angst und Sorgen
Geht so verloren wohl für immer
Wohl dem dem es gelingt
Die Deutungshoheit auszuborgen

WEHRHAFTE VORURTEILE

Gut befestigte Gedankenhochburgen
Mit rundumerneuerten Wallgräben

RECHT AUF MACHT

Ein Recht auf Macht
Macht mächtig mutig
Es schützt vor Missbrauch nicht
Gibt sich meist blutig

HAST DU DICH ANGENOMMEN

Was geht verweht
Was kommt vergeht
Was geht will bleiben
Sich alles einverleiben
Willst du dir nicht entkommen
Hast du dich angenommen

GEDANKENFLOHMARKT

Du entdeckst und findest schön
Was andere bedachten
Und schließlich dann für unnütz selbst erachten
Du greifst es auf du hängst an den Gedanken
Verwirfst sie mehrfach kommst zurück
Du feilschst machst einen Schnäppchenkauf
Du bist beseelt bereichert mit Gedanken bist im Glück
Du möchtest dich bei Unbekannten noch bedanken
Althergebrachtes nimmt dann einen neuen Lauf

APHORISMEN

Wortkarikaturen
Über die man stolpern muss
Und schmunzeln können sollte

GEHEIMDIENSTE

Meist gut unterrichtete Kreise
Bestehend aus schlagkräftigen Fake-News-Experten
Mit Unterwanderungshintergrund
Und robustem Mandat für
Kabale Randale und Liebe

DOPPELAGENT

V-Mann und Fake-News-Installateur
Im Haupt- und Nebenberuf rollierend
Mit mehrfachem Migrations- und
Unterwanderungshintergrund

MENSCH ÄRGERE DICH NICHT

Mache es wie Gott
Werde Mensch
Ärgere dich nicht
Vergib dir ab und zu

GERECHTER AUSGLEICH IM ALTER

Auch wenn das Alter betagter Menschen
Es ihnen oft schwermacht oder gar verunmöglicht
Kinder in die Welt zu setzen
Dürfen sie doch selbst wieder zu Kindern werden

GEHEIMNIS NACHHALTIGER ZUFRIEDENHEIT

Wenn stets alles beim Alten bleibt
Vergisst man mehr und mehr
Was fehlt an- und umtreibt

UND AUSSERDEM

Man glaubt mehr zu sein als man ist
Ist weniger als man denkt
Und außerdem
Isst man mehr als man sollte

GEDANKEN ÜBER UNSEREN TOD UND UNSER LEBEN

Sollte mein Tod mein Leben
In Gewahrsam nehmen müssen
Um mich vor mir zu schützen
Oder zu befreien
Wegen des Gedankens
An eine Unsterblichkeit

EINMALEINS DES LEBENS

Wer einmal stirbt
Will zweimal leben
Will über Dritte
Wenn es geht
Versäumtes noch erleben
Bevor der letzte Tag vergeht
Einen Hauch von Hoffnung noch erstreben

STERBEN

Lang angekündigte
Und doch überraschende
Ausgründung des Lebens am Ende
Mit offenem Ausgang

VERLORENGEGANGENES

Was man im Laufe des Lebens verloren hat
Würde sich manchmal schon noch sehen lassen
können
Wenn man denn hinschauen wollte

EHRENWÖRTER

Ehrenwörter haben das Zeug
Uns Glauben zu machen
Zweifel seien unglaubwürdig

VERSCHWEIGEN ODER AUSSPRECHEN

Nicht alles
Was sich nicht sagen lässt
Sollte verschwiegen werden
Aber vieles
Was sich sagen ließe
Muss nicht gesagt sein

GLAUBEN AUFBRINGEN

Beweissicherungsverfahren
Um nachzuweisen dass zweifeln
Obwohl berechtigt
In vorliegendem Falle nicht greift

HYBRIS EINES BESSERWISSERS

Einer der sich vorstellen kann
Als Souffleur in der Uraufführung des
Schöpfungsdramas
Den Allmächtigen an seinen richtigen Text zu erinnern
In der Annahme er sei jenem entfallen

APHORISMUS

Kurzer Rede
Langer Sinn

VERSTAND UND GEFÜHL

Der Verstand ist sich sicher
Weil er glaubt zu wissen
Das Gefühl weiß
Weil es spürt

WER SPOTTET

Wer spottet will Ernst machen
Mit dem Bemühen
Nie selbst verspottet zu werden

DIE JAGD NACH RUHE

Bringt uns außer Atem

UNSER ALLER TRAUM VON EINEM BESSEREN LEBEN

Wir träumen alle von einem besseren Leben
Das sich in solchen Träumen standhaft erweist
Und sie nicht platzen lässt

UNSERE SEELE WEINT

Wenn unsere Träume sterben

DIE ENTSTEHUNG DES GROLLS

Groll kommt auf
Wenn ein Donnerwetter
Nachhaltig nachhallt

ARROGANTES FEHLVERHALTEN

Fehler die auf der Hand liegen
Unter den Teppich kehren
Und dann noch die Hände
In Unschuld waschen

DAS GEHEIMNIS DER ERBSÜNDE

Das Konstrukt Erbsünde
Sichert kirchliche Machtpfründe

SELBSTBESTIMMTER ZWEIFEL

Das Selbstbestimmungsrecht des Zweifels
Ist Glaubenssache

VOM GLAUBEN, WAS ICH MEINE

Wie kann ich glauben
Was ich meine
Bevor ich gehört habe
Was andere dazu sagen

RÜCKBLICK AUF EINE VERLORENGEGANGENE ZEIT

Im Inhaltsverzeichnis
Ungelebter Stunden blättern

GEWALT

Ohnmacht
Auf der Suche
Nach Allmacht

WIEDERGEWONNENER GLAUBE

Vermeintliche Entsorgung
Letzter Zweifel

INSTINKT

Instinkt haben heißt
Ahnen zu wissen
Warum man etwas tun oder lassen sollte
Obwohl man vergessen hat warum

ARBEITSTEILUNG

Zweifel führen die Gedanken aus und weiter
Die dem Glauben im Traum einfallen

ALLES HAT SEINEN PREIS

Immer und besonders dann
Wenn man es nicht kaufen kann

VORHALTUNGEN

Die Probleme von Morgen halten uns vor
In ihnen nicht die Probleme von Gestern sehen zu
Wiewohl wir uns heute intensiv [wollen
Mit uns selber beschäftigen

AMEN SAGEN

Wer Amen sagen will
Muss imstande sein
Nachzuahmen
Was einer vorgebetet hat

WEGHÖREN

Gott gab uns zwei Ohren
Damit wir wenigstens mit einem
Manchmal weghören können

NACHSICHT ÜBEN

Wer Nachsicht üben will
Muss weitsichtig sein
Wer weitsichtig werden will
Muss Nachsicht üben

ICH HEISSE – ALSO BIN ICH

Du bist
Wenn du gerufen wirst
Du sollst sein
Was dein Name verheißt
Du warst
Wenn dein Name verhallt
Oder entfallen ist

SCHULDIG SEIN

Wer schuldig ist
Hat seine Schuldigkeit
Noch nicht getan

ZWEIFLER

Zweifler sind Menschen
Die mit dem Glauben nicht fertig werden
Oder nicht fertig werden wollen

BESSER ALS DIE ANDEREN

Jener ist mit Erfolg gekrönt
Der mit Nachdruck nachgibt das zu tun
Was alle nur vorgeben zu wollen
Besser zu sein als die anderen

GLAUBENSMEHRWERT

Der Glaubensmehrwert
Ist sein Zweifel
Der ihm als Schatten folgt
Bei Lichte besehen

STERBEN

Wenn das Leben
Außer Vollzug gesetzt wird

SICH VORSEHEN

Wer sich immer nur vorsieht
Hat irgendwann das Nachsehen

OHNE LEBEN

Keine Teilhabe am Tod

EINBILDEN UND AUSREDEN

Was du dir einredest
Bildet sich dir ein
Was du dir einbildest
Ist dir schwer auszureden

AUFRUF ZUR RUHE

Häute dich
Streife dich von dir ab
Wenn es geht noch heute
Aber ab und zu
Nimm dir die Zeit
Komme zur Ruh

RECHTGLÄUBIGE

Rechtgläubige glauben
Dass sie das Recht und die Pflicht haben
Aufkommende Zweifel niederglauben zu müssen

SIEBENSACHEN

Wer sich seiner Sache zu sicher ist
Kennt wohl seine Siebensachen nicht

MAN ALTERT

Wenn die in die Jahre gekommene
Aussicht auf Zukunft schrumpft

KREISLAUF VON LEBEN UND STERBEN

Einweisung zur Ausweisung
Ohne verbindliche Anweisung
Um einer runden Sache Willen

UNNAHBAR NAH DER TOD

Je unfassbarer
Desto größer die Berührungsangst
Je näher vor Augen
Desto stärker die Blendung
Durch seinen Bann

DEIN LEBEN

Dein Leben ist zielführend
Hin zum Tod
Es will dich berühren
Besonders in Not

ES KOMMT DARAUF AN

Es kommt viel weniger darauf an
Was du nicht mehr glaubst
Als vielmehr darauf
Was du nicht mehr bezweifelst

GEGEN DEN STROM

Wer gegen den Strom schwimmt
Darf sich nicht treiben lassen
Wer sich mitreißen lässt
Hat es schwer Reißaus zu nehmen

DEIN ATHEISMUS

Deine Rede von Gott
Die ihn in Abrede stellt
Und dich auf den Sockel

EIGENSCHAFTEN DES TODES

Der Tod ist
Unabwendbar
Unumkehrbar
Undurchsichtig
Fast aufrichtig
Der Tod ist
Unverstehbar
Nicht absehbar
Opfersüchtig
Mordsgewichtig
Der Tod
Er macht sich wichtig
Und uns nichtig
Macht es richtig
Oder falsch

NOTORISCHER LÜGNER

Lagerist bei der Firma
Lügen auf Lager
In Festanstellung

DULDUNG AUF ZUSEHEN

Dein Leben
Aufenthaltsduldung auf Zusehen
Bis zur Abschiebung
Mit viel oder wenig Aufsehen

AUSGESPROCHEN UNAUSSPRECHLICH

Ausgesprochene Worte fordern heraus
Unausgesprochene fordern ein
Unaussprechliches
Offenzulegen

SCHWIMMBOJEN

Zweifel
Sind Schwimmbojen des Glaubens
Immer dann
Wenn Letzterer baden geht

ANGEBER

Einer der die Meinung
Die er von sich selber hat
Lauthals anpreist
Um sich der zustimmenden Meinung
Anderer zu versichern

NIMMERSATT

Wer ungut ist
Und Unmut hat
Der wird zum
Fetten Nimmersatt

ZUR LAST WERDENDE LIEBE

Lästige Liebe
Leidet an
Übertreibungen
Ihrer Triebe

WENN'S NO AU SO WÄR

Wenn's no au so wär
Wie's en der Zeitung oft stoht
Wenn's no au so wär'
Dass alles guat goht
No hätter mr's gschafft
Mr wäret au zfrieda
Mit em Sach und mit em Geld
Mr breichtet net liega
Uf oserer Welt

HERRSCHAFT ÜBER DEN AUGENBLICK

Wer die Herrschaft
Über den Augenblick
Aus den Augen verliert
Sieht das Gras wachsen

HELLSEHER DIE SCHWARZSEHEN

Viele Hellseher sehen schwarz
Wenn sie auf einen Hellhörigen treffen
Der sich taub stellt

DENKWÜRDIG

Denkwürdig ist alles
Was ich von mir denke
Wenn ich nichts mehr
Von mir halte

UM NICHTS ZU VERMISSEN

Wir tun nicht
Was wir wissen
Wir tun nur
Was wir müssen
Um nichts zu vermissen

GLAUBEN

Glauben heißt
Die Zweifelshoheit
Weiterschreiben

DIE ZEIT DRÄNGT

Die Zeit sie drängt
Und sie vergeht
Wer will uns glauben machen
Dass sie später noch besteht
Auch wenn sie uns verführt
Betrügt es ist zum Lachen
Und zum Weinen
Die Zeit will uns mit ihr versöhnen
Will uns mit sich und uns vereinen

DIVERS

Nicht männlich
Und nicht weiblich
Weder noch
Und doch
Für viele nur
Ein schwarzes Loch

DER LEGENDENBILDUNG WEGEN

Es sind die Vorkommnisse im Nachhinein
Welche die Hinterbliebenen
Über die Verstorbenen verbreiten
Der Legendenbildung wegen

WENN WIR UNS SELBST VERWALTEN

Nichts wird nicht mehr so sein
Wie es noch niemals war
Alles bleibt beim Alten
Nichts wird so sein
Wie es schon einmal war
Wenn wir uns selbst
Nur noch verwalten

HEILIGE RATLOSIGKEIT

Wie aus gut unterrichteten Kreisen
Des Heiligen Stuhls verlautete
Sei der Draht des Himmels
Zur Erde abgebrochen und verstummt
Der liebe Gott und alle seine Engel
Sie säßen ratlos rum
Verschleiert und vermummt
Sie seien sauer auf den Papst
Und seine Truppen
Die nur noch kuscheln wollten
Sei es mit Ministranten
Oder auch mit Käthe-Kruse-Puppen

HEILIGER NARZISSMUS PUR

Ich bin der Herr mein Gott
Es ist dir gesagt Mensch
Was der Herr von dir fordert
Sich vor sich selbst verneigend
Ehrerbietung zeigend

WENN LIEBE LAHMT

Wenn Liebe lahmt
Hinkt Nachsicht hinterher
Und Rücksicht stolpert

IM GEFÄNGNIS DER EIGENEN WÜNSCHE

Wer im Gefängnis seiner Wünsche sitzt
Ist eine gespaltene Persönlichkeit
Häftling und Gefängniswärter
Gleichermaßen

ALLEINSTELLUNGSMERKMAL DER LIEBE

Die riesige Brenn- und Spannweite
Ihrer Triebe

RUF-EIGENSCHAFTEN

Der gute Ruf eilt voraus
Der schlechte bleibt hängen

OPPORTUNIST

Ein Sowohlalsaucher

GLAUBWÜRDIGE ZWEIFEL

Wird
Wer an seinen Zweifeln
Immer weniger zweifelt
Immer glaub-
Oder unglaubwürdiger

NICHT IMMER GLÄUBIGER

Wer seinen Zweifeln
Immer weniger zutraut
Wird nicht unbedingt
Immer gläubiger

ALTE LIEBE ROSTET NICHT

Wenn Liebesglut
Noch unter der Asche
Verbrannter Hoffnungen glimmt

UM NOCH MEHR ZU BEDÜRFEN

Wer auf Weniges verzichtet
Darf hoffen
Noch mehr zu bedürfen

DER GLAUBE AN SICH SELBST

Der Glaube an sich selbst
Kann vieles überwinden
Nur nicht sich selbst

LÄCHELN ODER VERLACHEN

Wer Menschen
Mit einem Lächeln begegnet
Lebt von ihren Zinsen
Wer sie verlacht
Greift sein eigenes Kapital an

ABERGLAUBE

Ist jene Huldigung
Die der Zweifel dem Glauben
Entgegenbringt

NARZISSTEN-EIGENSCHAFT

Ein Narzisst ist ungerecht
Er schätzt immer nur jene
Die ihn bewundern
Und niemals die
Die er beneiden sollte
Weil sie ihn nicht bewundern

ÜBRIG GEBLIEBENER GLAUBE

Glaube ist das was übrigbleibt
Wenn wir vergessen
Was wir immer wieder bezweifelt haben

ERFOLG

Erfolg ist die verpasste Chance
Es beim nächsten Mal
Besser machen zu können

EINKEHR ZUR UMKEHR

Wenn der Glaube anklopft
Macht oft der Zweifel die Türe auf
Und bietet Einkehr zur Umkehr an

QUERULANT

Einer
Der sich und anderen
In die Quere kommt
Aneckt und stolpert
Und trotzdem weitermacht

ERINNERUNGEN

Erinnerungen verblassen
Wie im Nu
Man kann sich nicht auf sie verlassen
Doch keiner gibt es zu

AUSGEHUNGERTES MITGEFÜHL

Wenn die Übereinkunft
Miteinander zu teilen
Kein Auskommen mehr hat
Wegen zu großer Einkommen
Und deren Motto
Weniger für Andere
Ist mehr für uns

WIR MACHEN NICHT RÜBER

Mitunter geht alles
Drunter und drüber
Deswegen mitnichten
Machen wir rüber
Wenn alles so bleibt
Wie wir es verrichten
Zur Zeit

GEVATTER TOD

Wes Kindes ist der Tod
Macht er uns überlebensfähig ohne Brot
Wenn wir todmüde sind
Und ihn willkommen heißen
Als unseren Gevatter Tod
Der uns erlöst aus ird'scher Pein
Will er mit uns auf ewig
Nur zusammen sein

HINWEGSEHEN UND MITANHÖREN

Hinwegsehen und trotzdem immer
Mitanhören sollen
Ist oft noch schlimmer
Als mitansehen müssen
Was man nicht mehr
Mitanhören hat wollen

IM ZUGE DER ZEIT

Der Zahn der Zeit
Nagt nur so lange
Bis er ausfällt
Im Zuge der Zeit
Aus einer Spange
Der Endlichkeit

ALLES ZU SEINER ZEIT

Alles zu seiner Zeit
Damit nichts der
Verlorengegangenen Zeit anheimfällt
Und verschüttet bleibt

SEIN ÜBRIGES

Gott ist gerecht
Doch nicht gewillt
Ein Übriges zu tun
Die Abschaffung der Erbsünde
Und die Widerrufung der Unfehlbarkeit
Seines Stellvertreters

KORRUPTION

Entsteht immer dann
Wenn wir dem Bösen
Unsere Aufwartung machen
Hinter verschlossenen Türen
Und hinter vorgehaltener Hand
Wenn wir die Einladung annehmen
Zu den Hinterzimmern
Wo man sich trifft sich kennt
Um zu verschlimmern
Was schon brennt

DUMME GEDANKEN

Wenn dumme Gedanken nachsitzen müssen
Kommen sie auf noch dümmere Gedanken
Sie verbünden sich mit Gleichgesinnten

UNTERSCHIEDLICHE SCHICKSALE

Gedanken fallen ein und kommen auf
Worte wandeln um und wandern aus
Gute Worte und Gedanken gibt es nicht zuhauf
Doch sie bestimmen unsren Lebenslauf

MENSCH WERDE WESENTLICH

Wir leben ab
Und durch das Leben
Wir lieben ab
Und zu mal eben
Wir halten inne
Manches Mal
Doch häufiger erst
Später mal

Das Leben zieht
An uns vorbei
Gar vielen ist dies
Einerlei
Man sieht erst spät
Sein nahes Ende
Versucht zu flüchten
Hofft auf Wende
Wenn es dann da ist
Ist es aus
Mit weiter so
In Saus und Braus

Und die Moral von alle dem
Mensch werde wesentlich
Wenn's sein muss
Auch mal unbequem

WAS WIR GLAUBEN SOLLEN UND BEZWEIFELN WOLLEN

Wir glauben mehr
Als wir bezweifeln sollen
Wir bezweifeln nicht mehr
Was wir glauben machen wollen

WENN ES AN DER ZEIT IST

Die Zeit lässt sich Zeit
Zeitnot lässt sie nicht gelten
Sie ist bereit sich uns zu opfern
Sie lässt sich totschlagen
Wenn es denn sein muss
Zur falschen und zur richtigen Zeit

SICH FREI WÄHNENDER MENSCH

Der Mensch wähnt sich frei
Wenn er nicht mehr weiß was er muss
Und dabei glaubt
Das tun zu dürfen
Was er nicht mehr muss

MANCH' GUTE FREUNDE

Manche Freunde gleichen sich
Immer mehr ihren Geschenken an
Die ausgepackt und bewundert werden wollen

DIE FREUDEN DER SÜNDEN

Freudig wird man
Durch Freude machen und bereiten
Sündig wird man
Wenn man die Freuden der Sünde
Machen lässt

LASSEN WIR UNS NICHT TÄUSCHEN

Wir geloben in Hoffnung
Halten fest aus Angst
Kündigen auf durch Enttäuschung

GEGENWÄRTIGES

Alles was sich verhakt
Tummelt pfeift und baumelt
Zwischen Vorgestern
Und Übermorgen taumelt

UNSERE GEGENWART

Entgelt für gestern und vorgestern
Anzahlung für morgen und übermorgen

EHRGEIZ

Mach Ehrgeiz
Zu deinem Gott
Er wird um dich buhlen
Wie der Teufel
Um eine arme Seele

DER CHARM DER LIEBE

Der Charm der Liebe
Liegt in ihrer süßen Wucht

BLÜTE, DUFT UND FRUCHT DER LIEBE

Das Lächeln ist die Blüte der Liebe
Die Sehnsucht ihr Duft
Der Glaube an das Gute im Menschen
Ihre Frucht

FÜNF VOR ZWÖLF

Noch nie hatten wir so viel Ahnung
Was zu tun wäre
Und so wenig Zeit
Die uns bleibt
Um nichts zu tun

ANGESAMMELTE VERGÄNGLICHKEIT

Wir überschätzen das
Was wir nicht haben
Und unterschätzen das
Was wir sind
Teilhaber und Teilnehmer
Einer angesammelten Vergänglichkeit

DIE IM ÜBERFLUSS LEBEN

Sie tragen Mitschuld
An jenen Armutstropfen
Die das Fass zum Überlaufen bringen

UNTER ANDEREN UMSTÄNDEN

Es sind die anderen Umstände
Die uns unter anderem glücklich
Oder unglücklich machen

WER VIELES AHNT

Wer vieles ahnt
Darf weniger wissen
Als er noch zu glauben vermag

ZU DENKEN GEBEN

Klugheit gibt viel zu denken auf
Dummheit noch weit mehr

WEIL MAN NICHTS ERWARTET

Aus der Vergangenheit nichts zu lernen
Fällt um so leichter
Je weniger man von der
Zukunft erwartet

WOHER DIE ZWEIFEL NEHMEN

Woher die Zweifel nehmen
Wenn Rechtgläubige sie nicht rausgeben

ZWEIFELHAFTE SUCHE

Warum die Zweifel noch suchen
Wenn man den Glauben doch nicht findet

GUTE FRAGE

Warum stellen sich falsche Gedanken
Stets pünktlich ein
Und gute immer verspätet

EIN ERFÜLLTES LEBEN

Beides
Eine Reise
An die man sich gerne erinnert
Und eine Irrfahrt mit Umwegen
Die man nie vergisst

UNKRAUT MIT ROBUSTEM MANDAT

Unsere Laster sind weit größer
Als unsere Tugenden
Weil jedes Unkraut mit robustem Mandat
Zierblumen überwuchert

DANK DER ZWEIFEL

Manch einer verdankt seinen Glauben
Seinen Zweifeln
Weil er ihnen nicht geglaubt hat

WAS WIR GERNE HÄTTEN

Wer würde nicht alles geben
Um das zu bekommen
Was er nur zu gerne hätte

WENN MAN NICHTS VERSTEHT

Man macht sich übertriebene Vorstellungen
Von dem was man glaubt
Nur erahnen zu können
Wenn man nichts versteht

DIE STIMME DER LIEBE

Die Stimme der Liebe läuft Gefahr
Heißer zu werden
Wenn sie zu sehr presst

DEN LETZTEN BEISSEN DIE HUNDE

Den Letzten beißen die Hunde
Es sei denn er zieht Leine und dreht
Eine rückwärtsverlaufende Runde

DAS PROBLEM DER HEUTIGEN ZEIT

Das Bedauerliche an unserer heutigen Zeit ist
Dass die Vergangenheit
Auch nicht mehr das sein wird
Was sie nie war
Und die Gegenwart nicht aufhören will
An die Zukunft auch nur zu denken

GUTE VORSÄTZE

Gute Vorsätze sind notwendig
Um sie hochzuhalten
Damit man unten durchschlüpfen kann
Ohne sich zu sehr bücken zu müssen

NICHT ÜBER ALLE ZWEIFEL ERHABEN

Nicht jeder Glaube
Ist über alle Zweifel erhaben
Und nicht jeder Zweifel
Der erhobenen Hauptes daherkommt
Glaubt an sich selbst

SCHÖPFERGOTT

Ein Schöpfergott
Sollte er ermüden
Macht sich ans Schlafen
Und vollendet sein Werk
Durch Träumen

HEUTIGER ZEITGEIST

Der heutige Zeitgeist
Fürchtet sich vor nichts mehr
Als vor der stetigen Zunahme
Seiner vielen Geisterfahrer

WELTANSCHAUUNG

Weltanschauung ist Ansichtssache
Je nachdem wie stark man
Von Blindheit geschlagen
Oder verschont wurde

DIE GESCHMEIDIGKEIT DER LÜGEN

Die Geschmeidigkeit der Lügen
Die über die Lippen kommen
Hängt vom Speichellecken ab

WORT HALTEN

Wer gelernt hat
Auch mal den Mund zu halten
Hält öfter mal Wort

DEM GLAUBEN ZWEIFEL SCHENKEN UND UMGEKEHRT

Die Notwendigkeit
Dem Glauben Zweifel zu schenken
Ist abhängig vom Grad der Rechtgläubigkeit
Und den vergeblichen Versuchen
Den Gläubigen mit Zweifeln aufzuwarten

Die Erfordernis
Den Zweifeln Glauben zu schenken
Hängt ab vom Grad der Verzweiflung
Und den erfolglosen Versuchen
Den Zweifelnden den Glauben an sich selbst
Zu nehmen

BIENENFOLK UND RINDERHERDE

Man sollte es nicht glauben
Es gibt Sozialstaaten
Die nur von einer Königin alleine
Oder von einer Kuh regiert werden
Das Bienenvolk und die Rinderherde

RICHTIG ZWEIFELN LERNEN

Für die Kunst
Richtig zweifeln zu lernen
Sollte uns kein Preis zu hoch sein
Falsch zu glauben eingeschlossen

DEN GLAUBEN ERWERBEN

Glauben musst du teuer selbst erwerben
Nur der Zweifel pflanzt sich gratis fort

FLÜCHTIGE AFFÄRE

Aus Versehen sich verlieben
Überhören übertrieben
Was geschehen totgeschwiegen
Übersehen aufgerieben
Wie es kam und kommen sollte
Was sie nahm und er nicht wollte
Seine Hand und dann sein Wort
Er entzog sich und ging fort
Was sie hätte sagen wollen
Sein zu gelles Donnergrollen
Was er hätte sagen müssen
Ihren Mundgeruch beim Küssen
Das Schicksal trieb sie weg und auseinander
Sie hingen dennoch heimlich aneinander

DIE GANZE WAHRHEIT

Eine ganze Wahrheit
Besteht mitunter aus mehr
Als nur zwei Halbwahrheiten

VOR- UND NACHMACHEN

Wer sich nichts vormachen will
Darf sich trösten
Dass er andere auch nur nachmacht

MÄNNER UND FRAUEN IN AMT UND WÜRDEN

Neigen dazu
Sich noch mehr aufzubürden
Nach dem Sprung über die ersten Hürden

ALLE MENSCHEN SIND GLEICH

Alle Menschen sind gleich
Und ungleich
Viel gleichgültiger als gedacht

HELLSEHER

Sehen das verborgene Licht im Dunkeln
Und den Schatten den das Schlaglicht wirft

ZWEIFEL ZERSTREUEN

Um Zweifel zu zerstreuen
Muss man die Bruchstücke des Glaubens
Zusammensuchen und verbinden

GESCHÄFTIGE ZERSTREUUNG

Das Markenzeichen
Unserer Spaß-Gesellschaft

DREI DINGE, DIE NOT TUN

Ein Tempolimit
Für die zunehmend rasende Zeit
Schweigeminuten
Für ungelebte Stunden
Und eine Nachbesprechung
Zukünftiger guter Taten
Die wir von anderen erwarten

VERTRAUEN UND MISSTRAUEN

Mit dem Vertrauen
Und mit dem Misstrauen
Ist es wie mit der Müdigkeit
Man kann sich ihrer auf Dauer
Nicht erwehren
Je nachdem mit wem

BELASTENDE ERFAHRUNGEN

Wer zu viele schwere Erfahrungen gemacht hat
Wird sie nicht mehr los und bleibt auf ihnen sitzen

APHORISTIKER

Wort-Clown
Und -Logistiker

GUTE FRAGEN

Gute Fragen
Liebäugeln nicht selten mit
Unbefriedigenden Antworten
Nehmen mit ihnen zunehmend vorlieb

GUT AUSSEHENDE FAULE KOMPROMISSE

Gut aussehende faule Kompromisse
Stinken beim Abschluss so gut wie nie

NEUER PLATZHIRSCH

Wer neuer Platzhirsch werden will
Darf nicht zu viele Böcke schießen

BESONDERS GESCHEITE FRAGEN

Besonders gescheit daherkommende Fragen
Wollen sich selbst beantwortet wissen
Ohne dass es jeder gleich merkt

BEDENKEN HABEN

Wer zu viele Bedenken hat
Trägt sich mit Gedanken
Mit Widerhaken

GLAUBEN UND ZWEIFELN

Glauben
Ist der Sprung der Hoffnung
Über den Schatten des Zweifels
Zweifeln
Ist der Blick
Auf den Schlagschatten
Des Glaubens der blendet

WIE SICH DER ZWEIFEL VERSTEHT

Der Zweifel ist die
Gratiszugabe des Glaubens

KRITIK IST GUT

Kritik ist gut
Bessermachen noch besser

ABROLLEN EINÜBEN

Man sollte bei vielen Kniefällen
Das Abrollen einüben
Um später wieder aufrecht
Hinstehen zu können

NEUE ANTWORTEN

Sind Wegweiser
Zu alten Fragen

ZUKUNFT UNTERBLEIBT

Zukunft unterbleibt
Wenn gestern überhandnimmt
Im Heute

SCHIFFBRÜCHIGE GEDANKEN

Angelandete Gedanken
Die am Uferstrand versanden

DAS ENDE DER HALBWAHRHEITEN

Wenn das Ende der Halbwahrheit naht
Kommen mitunter ganze Lügen zu Tag

DOPPELTES PECH

Ein verlegtes Lotterie-Los
Das gewonnen hätte
Wiederfinden
Nach dem Verfallsdatum

DAS GEHEIMNIS DES SCHWEIGENS

Sein Echo das nie verhallt

GEDANKEN NACH EINER TRAUMLOSEN NACHT

Warum ist mir nicht im Traume eingefallen
Was ich mir hätte träumen lassen sollen

DIE WIEDERGEBURT DES VERDRÄNGTEN

Wer vor seiner Vergangenheit flieht
Fällt ihrer Wiedergeburt in der Zukunft anheim

LANGER ATEM

Wenn im Übermorgen
Das Vorgestern nachhaucht

DIE KUNST DES GLAUBENS

Die Kunst des Glaubens
Besteht darin zu wissen
Was man bezweifeln darf und was nicht

BESTE GEDANKEN

Beste Gedanken finden sich ein
Wenn man das Suchen nach ihnen einstellt

LEBENSSCHICKSAL

Sich einleben müssen
Um aussterben zu dürfen

WEM DANK GESCHULDET WIRD

Wer andere durch sein Nichtstun gewähren lässt
Erwartet dass ihm Dank geschuldet wird

VERWURZELTE HOFFNUNG

Hoffnung
Die nicht im Zweifel wurzelt
Kann nicht erblühn

ALLE MENSCHEN SIND GLEICH

Alle Menschen sind gleich
Nur nicht immer und noch viel schlimmer
Die einen werden arm
Die andren reich geboren
Doch alle sind zum Sterben
Auserkoren

GEDANKENUMTRIEBE EINES FINANZVERWALTERS

Wie hoch ist meine Sterbegeldrendite
Was fällt da ab wie sicher kann ich sein
Da hätt' ich noch 'ne Frage und 'ne Bitte
Im Voraus und im Nachhinein
Ich möchte gern die letzten Dinge
Selber noch in meiner Hand behalten
Und wenn ich dann von hinnen ginge
Mich wenigstens auf dem Papier
Mich selbst alleine noch verwalten

VOM RECHTEN GLAUBEN

Was der liebe Gott
Vom rechten Glauben hält
Erkennt man daran
Wem er seine Zweifel zukommen lässt

AN ZWEIFEL GLAUBEN MÜSSEN

Am meisten fühlt man sich
Von jenen Zweifeln tief getroffen
An die man immer wieder glauben muss

LOCKMITTEL DER LIEBE

Das größte Lockmittel der Liebe
Ist ihr verbotener Vollzug
Mit nachhaltiger Inaussichtstellung

DIE KUNST DES LEBENS

Über alles und nichts nachzudenken
Zu stolpern und darüber zu hüpfen

DAS LEBEN SCHREIBT GESCHICHTEN

Vorwörter
Zum späteren Nachruf

ZEITNOT-GEDANKEN
DES DEPRESSIVEN

Wo nehme ich nur die Zeit her
Um all den schönen Dingen des Lebens
Aus dem Wege gehen zu können

WIE WAHR UND DOCH
SO UNGERECHT

Das brachliegende Potential
Der Einfältigen ist unermesslich
Das der Gescheiten äußerst begrenzt

HINWEIS FÜR WAHLHELFER

Vielseitig eingebildet
Überzeugt das Wahlvolk oft mehr
Als umfassend ausgebildet

WAS TUT NOT

Der Wille zur Hoffnung
Und die Hoffnung zu noch mehr Mut
Das wäre nicht schlecht
Und täte uns allen sehr gut

ZEITVERSCHWENDUNG

Wer keine Zeit hat
Läuft ihr hinterher
Wer Zeit verschwendet
Sucht sie später um so mehr

TÄGLICHE GELEGENHEITEN

Gelegenheiten
Die sich täglich bieten
Ergreift man nicht
Man lässt sie liegen

VORURTEILE

Vorurteile haben den Vorteil
Spätere Nachteile
Noch nicht bedenken zu müssen

HINRICHTUNGEN

Gehen in die falsche Richtung
Sie geben vor
Gerechtigkeit widerfahren zu lassen
Und richten noch mehr Unheil an

SORGEN

Liegen auf der Hand
Wenn sie ins Gesicht geschrieben sind

SELBSTLÄUFER, ANGST UND LIEBE

Selbstläufer
Wie die Angst und die Liebe
Sind wie Sand oder Öl
Im Emotionsgetriebe

VOR-, NACH- UND RÜCKSICHT

Wer Vorsicht walten lässt
Wird auch auf Nachsicht
Rücksicht nehmen
Wer auf Nachsicht
Zu viel Rücksicht nimmt
Lässt oft zu wenig Rücksicht walten

EITELKEITEN

Sind nicht verheilte Wunden
Mangelnder Anerkennung
Die immer wieder aufbrechen

NIEDERLAGEN

Niederlagen sind Stufen
Denen man nicht ansieht
Ob sie in eine Gruft hinein
Oder aus einem Schacht
Hinaus führen

VIELFÄLTIG EINFÄLTIG SEIN

Es ist eine besondere Hausforderung
Und hohe Kunst
Vielfältig und umfassend einfältig zu sein

VERLEIBT – ENTLEIBT

Verleibt
Mit Leben ausgekleidet
Entleibt
Das Leben ausgeweidet
Leben will wandern
Zieht weiter zieht um
Leben zieht aus
Der Tod zieht ein
Ich bin dann mal raus
Entleibt und stumm

GLAUBEN SCHENKEN UND GLAUBEN MACHEN

Man schenkt Glauben
Auch jenen Dingen
Die man bezweifelt aber dennoch benötigt
Um glauben zu machen
Sie seien alternativlos

PROBLEMLÖSUNG

Manche Probleme lösen sich
Indem man sie auf Eis legt
Das schmilzt

KOMMEN UND GEHEN

Wer uns entgegen geht
Der kommt nicht immer uns entgegen
Was uns entgegen kommt
Kann uns entgehen
Oder auch entkommen
Es kann bestehen
Oder wird nicht ernst genommen

EWIGER FRÜHLING

Immer nur Knospen und Blüten
Sind auch nicht das Wahre
Es macht nicht satt
Wenn man nichts Reifes
Zu essen hat

VERSCHLIMMERNDE VERGANGENHEIT

Als die Vergangenheit begann
Sich ständig zu erinnern
Verlor die Gegenwart die Oberhand
Und musste in der Zukunft
Alles noch verschlimmern

ICH SUCHE MICH UND DICH

Wir erleben nur
Was wir empfinden
Ich suche mich und dich
Um mich in dir zu finden

WER ZU VIEL WEISS

Wer zu viel weiß
Der hat sich überfressen
Wer nichts mehr wissen mag
Dem hilft manchmal Vergessen

PFLICHT UND KÜR DES LEBENS

Verantwortungsvoll leben ist Pflicht
Gekonnt sterben abschließende Kür

SELBSTEINSCHÄTZUNG

Wer sich selbst nicht schätzt
Kann andere schlecht einschätzen

TRÄUMEN

Sich einfallen lassen
Was vom Himmel fällt
Oder mit dem Rauch
Des Höllenfeuers aufsteigt

ÜBERLÄUFER UND DESERTEURE

Unterlaufen den Glauben
An den Sieg
Im Krieg

WER ERFOLG HAT

Wer Erfolg hat bildet sich ein
Dieser gebe ihm recht
Selbst dann wenn er
Unrechtmäßig erlangt wurde

WASSERSCHEUE STREICHHOLZHALTER

Um manche Feuersbrunst zu begreifen
Reicht es schon aus
Jenen menschlichen Streichholzhalter
Zu kennen der wasserscheu ist

GEREIMTE FAKE-NEWS

Gereimte Fake-News sind glaubwürdiger
Sie bleiben besser haften
Und man kann sie leichter mitsingen

MEISTENS KOMMT ES ANDERS

Und meistens kommt es anders
Als man glaubt
Doch ganz gewiss für den
Der seiner Phantasie beraubt

MODE UND SITTE

Mode ist Vorgabe
Sitte nachgereichte Erwartung
Wenn Erstere aus der Mode zu kommen droht

RATSUCHENDE

Ratsuchende sollten
Bei Ratgebern darauf achten
Ob Letztere sich einer Gebührenordnung
Verpflichtet fühlen

LÄSSLICHE LIEBE

Lässliche Liebe entsteht
Aus der Hinterlassenschaft
Nach dem Ende
Einer großen Liebe

DEMENZ

Vertreibung – neuester Gedanken
Aus dem Paradies der Phantasie
Und liebgewonnener Erinnerungen

AUFZIEHENDE HEITERKEIT

Wenn Quellwolken
Luftiger Gedanken aufkommen
Die sich im Winde treiben lassen

HERRGOTT NOCHMAL

Wer den Herrgott nur verehrt
Ist des Teufels nicht wert
Wer auf den Herrgott baut trotz allem
Kann gleichwohl dem Teufel verfallen

NICHT FARBE BEKENNEN

Wer nicht Farbe bekennen kann
Ist genötigt schwarz-weiß zu denken

VERLAUTBARUNGEN

Gehauchte Offenbarungen
Lauthals verkündet
Hinter vorgehaltener Hand

WAS DIE SCHWABEN DEM HERRGOTT SCHON IMMER HÄTTEN SAGEN WOLLEN

Er soll doch bitte seinen Schwaben
Nicht grollen in Corona-Tagen
Sie nehmen's ihm nicht schrecklich übel
Wenn er vergießt den Geist in Kübeln
Der Herrgott soll's nicht übertreiben
Er hat zu viel schon müssen leiden
Am Kreuz womöglich wegen uns
Und unsrem üblen Nachbarn Hinz und Kunz
Auch wegen uns und unsrer Sprache
Soll er verkneifen sich die Rache
Der Herrgott sollte schätzen lernen
Was er an seinen Schwaben hat
Sie nehmen ihm das Meiste durchaus ab
Er soll halt wirklich schauen uns auf's Maul
Wie wir es tun beim Kauf von jedem neuen Gaul
Dass seine Schwaben auf ihn reimen können
Das sollte er den Schwaben wirklich gönnen
Er sollte immer sein auch unser Mann
Wertschätzen was ein Schwabe alles dichten kann

DER LIEBE GOTT IM STEINLACHTAL

Zum Teufel geh wenn du es musst
Der Herrgott hat es eh gewusst
Der Herrgott macht kein Raibach
Der Teufel nur fährt Maybach
Der heil'ge Geist weht überall
Und kommt er mal nach Schwäbisch Hall
Verweilt auch dort sagt Amen
Stellt Würth ihn aus im Rahmen
Der heil'ge Geist im Schwabenland
Der will nicht bauen nur auf Sand
Es muss der Knollenmergel sein
Wo ihm erwächst der beste Wein
Auch wenn der Belsebub aus Belsen
In Rottweil närrisch springt auf Stelzen
Der Herrgott bleibt der Steinlach treu
Das weiß ein jeder ist nicht neu

WAS KOMMT DANACH

Wir sind wohl angehalten
Uns alle festzuhalten
Am Rande der Gruft
Was bleibt ist Staub und Luft

ZUM ABGANG VON THERASA MEY

Ein Brexit ohne Ende
Bindet alle Hände
Brexit ohne Vertrag
Ändert alles mit einem Schlag

WIRKMACHT OHNMACHT

Die Wirkmacht der Ohnmacht
Ist niederschmetternd

ANERKENNUNG BEKOMMEN UND GEBEN

Anerkennung bekommen bedeutet
Selbstzweifel werden genommen
Spüren dürfen dass ich etwas zu geben vermag
Von mir zu dir an jedem neuen Tag

DENKEN

Denken heißt
Erkennen benennen und vergleichen
So wie die Katzen um den heißen Brei schleichen

DIE DREI GABEN DER LIEBE

Aufgabe
Hingabe
Zugabe

WERTVOLLSTE SACHEN

Leben lieben lachen
Sind die wertvollsten Sachen

ERDRÜCKENDE BEWEISLAST

Wer den Sinn des Lebens beweisen muss
Wird von der Beweislast am Ende erdrückt

ANFANG UND ENDE

Wenn der Anfang
Die Hälfte des Ganzen ist
Dann ist das Ganze
Am Ende zweigeteilt

WIR GLAUBEN

Wir glauben
Wenn wir bezweifeln
Was unglaubwürdig erscheint

REIFER WERDEN

Alte Sorgen
Gegen neue eintauschen

TRAUMDEUTUNG

Die erweiterte Weltanschauung
Der Schlafenden
Zeigt sich im Traum

BEIM BETEN

Beim Beten dürfen unsere Hände
Durch ihre Ergriffenheit
Sich selbst begreifen

PSYCHOTHERAPIE

Ist Bewegung und Aufbruch
Den verlorenen Heimathafen
Wiederzufinden

KLUGE FRAGEN

Kluge Fragen stellen heißt
Sich trauen den Halbwahrheiten
Immer näher zu treten

PREISNACHLASS

Ein Preisnachlass
Beim Erwerb von Vorurteilen
Hat immer Schnäppchen-Charakter

WER BEGINNT HINZUHÖREN

Wer beginnt hinzuhören
Wird aufhorchen ohne Ende

EINBILDUNGEN

Wer sich einbildet zu wissen
Was er nicht glaubt
Ist glaubhaft unwissend
Wer sich einbildet zu wissen
An was er glaubt
Leistet dem Zerrbild
Seines Zweifels Vorschub

GRÜBELN

Stilles Plaudern im Trüben
Mit sich und seinen Sorgen

VORVERURTEILEN

Urteilen ist leicht
Verurteilen noch leichter
Vorverurteilen ist kinderleicht
Weil man nicht einmal urteilen muss

NICHT VERZEIHLICHE FEHLER

Fehler sind dann nicht verzeihlich
Wenn sie immer nur die anderen begehen

STERBEN

Vielleicht ein Prozess
Der Überflüssiges kaltstellt

SICH LIEBHABENDE

Sich Liebhabende sind
Liebegeber und Liebenehmer zugleich
Ohne Tarif-Vertrag und Überstundenausgleich

SICH TRÄUMEN LASSEN

Denken außerhalb gegebener
Vorstellungsräume

BLEIBE BEI DIR

Bleibe der du bist
Mit dem der du warst
Dort wo du noch sein wirst
Wie auch immer
Und oder dann mal nimmer

GEHT LIEBE DURCH DEN MAGEN

Von Liebe könnte man gut leben
Ginge sie wirklich durch den Magen

DEM GUTEN AUSGELIEFERT

Wer dem Guten ausgeliefert ist
Und ihm nicht verfällt
Dem ist nicht mehr zu helfen

PRIVATER MEINEID

Wer seiner eigenen Sache
Immer die Treue schwört
Gönnt sich auch sonst oft
Einen privaten Meineid

GEHEIME GEDANKEN

Vorboten von
Weltanschauungen unter Tage

DAS MASS ALLER DINGE

Der Mensch
Gefangen in seiner eigenen
Gedankenschlinge

GLAUBEN UND ZWEIFELN

Glauben
Hantieren im Hoffnungsraum
Zweifeln
Hausieren zwischen
Alp- und Sehnsuchtstraum

DUMMHEITEN

Dummheiten muss man variieren
Um ihren Reiz nicht zu verlieren

SICH INSZENIEREN

Wer sich in Szene setzt
Will gutem Echo nur erliegen

ZUVERSICHT

Aufsummierte Hoffnung
Die wenig zu wünschen übrig lässt

TEILHABEN

Ein Teil werden
Um teilzuhaben

VOM HABEN, UM ZU SEIN

Immer mehr haben müssen
Um noch mehr sein zu wollen
Statt mehr zu sein
Durch weniger haben

PESSIMISTEN

Pessimisten
Halten es für ihre vornehmste Pflicht
Sich vornehmlich an den schlechtesten Nachrichten
Zu berauschen

NICHTSSAGENDES

Es lässt sich viel sagen
Wenn man nur Nichtssagendes
Deutlich genug ausspricht

WER SEINER EHEFRAU ÜBELWILL

Tut gut daran
Ihr auch das schlechte Wetter
Anzulasten

RADIKAL GLÄUBIGE

Sind Menschen die glauben
Dass ihre Religion besser ist
Als die Menschen die ihr anhängen

LIEBE MENSCHEN

Die Mehrzahl unter den lieben Menschen
Hat eine Vorliebe für die bösen Taten
Gleichgesinnter

ANGST HABENDE

Viele Menschen haben Angst
Weil sie vor ihrer Angst nie sicher sind

SELBSTGESPRÄCHE UNTER DOPPELGÄNGERN

Fallen durch Wiederholungen auf
Die keiner als solche wahrnimmt

DER GEDANKE, ANDERE ERLÖSEN ZU MÜSSEN

Wer wollte schon Gott sein
Der Gedanke andere erlösen zu müssen
Schreckt ab

DAS UNMÖGLICHE

Kann Unmögliches sich ereignen
Selbst dann
Wenn es sich noch nicht ereignet hat

ACHTSAME BESCHEIDENHEIT

In Rufweite
Hinter den eigenen Erwartungen
Zurückbleiben

SKEPSIS DER PESSIMISTEN

Skepsis ist für Pessimisten
Weder Bedrückung noch Plage
Sondern Überlebensfrage
In einer Welt
Bedroht
Durch radikalisierte Optimisten

DIE NÄCHSTE SINTFLUT

Bei der nächsten Sintflut
Wird Gott uns nicht mit Dauerregen fluten
Sondern mit einem Daten-Tsunami

VERGESSEN WIR NICHT

Ältere Menschen vergessen zu leicht
Dass man sie daran erinnern möge
All jenes nicht über Bord zu werfen
Das sich nicht lohnt zu vergessen

ÜBERZEUGUNG, EIN GUTER MENSCH ZU SEIN

Die Überzeugung ein guter Mensch zu sein
Ergibt sich aus der Summe all jener Schandtaten
Die man nicht bereut vergessen zu haben

NICHT MEHR WISSEN WOLLEN

Wer nicht mehr wissen will
Was er schon nicht mehr weiß
Ist um vieles erleichtert
Selbst dann wenn er es nicht
Zugeben kann oder will

UNSER VERTRAUENSEINKOMMEN

Unser Vertrauenseinkommen hängt ab
Von unserem Hoffnungsaufkommen

WO UNSERE VORSTELLUNGSKRAFT ENDET

Da wo unsere Vorstellungskraft
Über eine bessere Zukunft endet
Beginnt die Wirkmacht
Unserer Ohnmacht

VON DER FASZINATION DES BÖSEN

Die Faszination des Bösen
Liegt mitunter in der Neugierde begründet
Dem anziehenden Fremden
Die Kleider vom Leibe zu reißen

GLÜCKSGEFÜHLE

Die schönsten Glücksgefühle sind oft jene
Die man sich gefallen lassen darf und muss

WIE KANN MAN WISSEN

Wie kann man wissen
Wie alles enden wird
Wenn man keine Ahnung hat
Wie alles begann

NACHLASSENDE NEUGIERDE

Wenn die Neugierde nachlässt
Nimmt die Gier nach Uralt-Wünschen zu

GEBOREN WERDEN UND STERBEN MÜSSEN

Wer geboren wird
Ist angestorben
Wer stirbt
Hat sich abgelebt

FRAGEN, DIE OFFEN BLEIBEN

Fragen die offen bleiben
Fühlen sich heimelig wohl
Hinter verschlossenen Türen

OFT UNVERHOFFT

Der Wege zum Glück sind gar viele
So lange der Vorrat an Umwegen reicht
Und Auswege die Sackgassen versperren

FREI FLOTTIERENDE ANGST

Das Unbestimmte
Das uns bestimmt

LEBEN IST

Zielführend zum Tod

DAS ENDE DER MENSCHHEIT

Sollte das Ende der Menschheit
Am Ende ein Unfall sein
Ein Rückfall gefallener Engel
In den Himmel
Oder ein Ausfallversuch
Der in Glaubensgewahrsam
Genommenen Kinder Gottes

Mein Dank gilt Hubert Klöpfer, der mir Mut gemacht hat, die vorliegenden Aphorismen zu veröffentlichen. Der konstruktiven und geduldigen Beratung durch Herrn Klemm und Frau Aparicio Vogl des Kröner Verlags ist es zu verdanken, dass das Buch in der vorliegenden Fassung erscheinen kann – herzlichen Dank!

Besonderen Dank gebührt Klaus Homann für sein Eintauchen in meine Aphorismen-Welt und seine Erläuterungen und Assoziationen in der Einführung, über die ich mich sehr gefreut habe.